© 2020, Sharess S.

Édition : Books on Demand,
12/14 rond-Point des Champs-Elysées, 75008 Paris
Impression : BoD - Books on Demand, Norderstedt, Allemagne
ISBN : 9782322236633
Dépôt légal : Juin 2020

À Toi...

Tu te reconnaîtras forcément à travers ces lignes.

Ne prends pas mes mots pour un pugilat littéraire,
mais pour un « je t'aime et adieu, connard »

Première Partie : Elle

1 - Le Calme Avant La Tempête

Comme tous les jeudis, afterwork au bowling en compagnie Raphaël, mon grand frère, et de quelques-uns de ses amis.

La même petite bande, les cocktails habituels, les traditionnelles blagues scabreuses... à un détail près : chaque semaine, mon frangin me présentait une nouvelle personne, une sorte de « pièce rapportée », qui disparaissait comme par enchantement le jeudi suivant. Des blonds, des bruns, des roux... un médecin, un mécano, et même un baron de la drogue, une fois.

Ils avaient, chacun leur tour, tenté différentes stratégies, plus ou moins directes : m'aider à lancer ma boule de bowling en me tâtant le cul, me servir des verres de plus en plus chargés, me susurrer des flatteries à l'oreille, me suivre et me coincer aux toilettes... C'était comme un rituel hebdomadaire et je ne m'offusquais même plus des tentatives les plus entreprenantes.

Mon frère, bien que *très gay*, fréquentait beaucoup d'hétéros. Il n'était **jamais** à court de pièces rapportées. Des personnages hauts en couleurs, beaux, jeunes, cultivés... mais qui, pour une raison obscure, ne m'intéressaient pas vraiment, ou pas longtemps, lorsque je me prêtais à leurs jeux de séduction. Le problème – s'il y en avait un - ne venait pas d'eux, mais de la misanthrope qui sommeillait en moi.

Pourtant, Raphaël cherchait, d'une manière assidue et mal dissimulée, à me caser avant mes quarante ans. Investi de cette mission, il me présenta, un jeudi soir, ***cet homme***.

Pendant un instant, je crus le reconnaître. Ce fut assez troublant comme sensation : plutôt physionomiste, je n'avais pas pour habitude de me perdre dans les yeux d'un inconnu en me demandant où je l'avais croisé et si j'avais déjà couché avec lui.

Son regard calme avait dû en tromper beaucoup, mais moi, je voyais clair dans son jeu. Il avait ces yeux qui vous transperçaient, d'un froid glacial et calculateur. *Un vicieux, celui-là...* Ni laid, ni beau, avec un petit peu de gras mal placé, des cheveux bruns qui agonisaient sous une tonne de gel, la petite trentaine mais un style vestimentaire de quadra mal dans sa peau.

Il devait être une sorte de rat de bureau, cela se voyait à sa chemise unie aux manches longues qu'il avait retroussée rapidement avant que l'on nous présente l'un à l'autre.

Il m'avait regardé, sans vraiment me voir : un rapide examen du haut vers le bas, glissant sur mes lèvres, ma poitrine, mes fesses. Visiblement, je n'étais pas son type de femme… ou peut-être n'étais-je pas assez apprêtée à ce moment-là ? Après tout, j'étais la "Miss jeans et baskets" de la bande. Jamais à mon avantage, sauf, peut-être, à poil.

Malgré les œillades équivoques de mon frangin, la nouvelle pièce rapportée n'était pas venue pour moi. Sa hargne durant la partie de bowling et ses stridents *"strikes"* ne mentaient pas : il était là pour jouer, boire et rigoler. On aurait dit un bagnard que l'on venait de libérer, il devenait de plus en plus effervescent au fil de la soirée.

Je ne me souviens plus des banalités échangées lors de notre première rencontre. Entre deux tours, nous avions parlé de nos métiers et il avait conclu que son dos de cadre stressé avait besoin de mes services d'ostéopathe. J'avais regardé sa nuque, plutôt poilue, et tressaillis à l'idée de devoir passer mes mains sur une toison velue le long de sa colonne vertébrale. Les poils me répugnaient.

Au final, il ne s'était pas comporté comme la pièce rapportée courante, il semblait apprécier les gens qui l'entouraient comme s'il ne les reverrait jamais. Il n'avait rien du prédateur standard : cet animal-là n'était pas en chasse. Aucune insistance dans le regard, aucune main baladeuse, rien.

J'ai dû, à la fin, le rattraper sur le parking, pour lui glisser ma carte de visite. *Pour son dos (mais bien sûr)*. Mon égo avait surtout pris un sacré coup ce soir-là : je ne lui avais pas tapé dans l'œil, comment accepter son affront silencieux ?

∞

« Je suis une femme capricieuse, par moments. Sans être déraisonnable, j'aime obtenir ce que je désire. Et là, tout de suite, je te veux. Je te veux implorant et suppliant, fou de désir. »

∞

Des Désirs… Au moment où je l'ai rencontré, je n'en avais pas de particulier. Je me contentais de ce que j'avais dans mon quotidien, limitant mes relations sociales au strict minimum : la famille, ma patientèle et quelques connards sur Tinder. Une période plutôt calme, perturbée par *cet **homme***.

Depuis le bowling, il était devenu le nouveau toutou de mon frangin. Il le suivait comme son ombre, en beaucoup moins sexy. Durant un instant, je me demandai si Raphaël et lui n'étaient pas en couple… Mais ces pensées s'évanouirent rapidement : mon frère était trop vantard pour garder secrète une relation suivie et trop libertin pour ne se contenter que d'une relation ! L'ombre de mon frère, aux comportements très maniérés, aurait pu facilement passer pour un gay timide, surtout après m'avoir superbement ignorée au bowling.

Une fois, à la salle de sport, je les vis tous les deux arriver en se chamaillant.
Langage paillard et sourires lubriques : ça parlait cul, évidemment. Je commençais à suer sous mes efforts, mes habits étaient moites et me collaient à la peau. Ils me virent entrain de souffrir comme une enragée et se rapprochèrent...

... Et ses yeux se sont posés sur moi.
Réellement. Comme si c'était la première fois. ***Là.*** Il m'avait vue, *là*, il m'avait regardé. Un instant, je crus qu'il n'arriverait pas tout seul à

décrocher son regard de mes tétons, qui transperçaient presque mon t-shirt humide.

Sourires crispés entre deux phrases de motivation de pseudo-athlètes, puis, j'ai regardé ses mains : elles étaient plutôt jolies. Ses paumes étaient larges et légèrement carrées, ses doigts étaient longs et fins... les mains d'un pianiste, d'un violoniste. Cela m'a un peu surprise : j'imaginais plutôt qu'il aurait eu de petits doigts boudinés, vu ses quelques kilos en trop. Raphaël avant lancé quelques mots en rapport avec les exercices qu'ils s'apprêtaient à faire ; je l'entendis sans vraiment y porter attention, me contentant de sourire à son ombre jusqu'à ce qu'ils s'éloignent.

 En me remettant à mon exercice, je m'imaginais entre ses doigts, comme un instrument de musique, caressée habilement.

Inspiration... Frissons... Expiration.

J'avais perdu le compte de mes répétitions et rallongé ma série. Cela m'apprendra à me perdre dans ce genre de délires ! Tout en changeant de machine, j'essayais de remettre de l'ordre dans mes idées brumeuses. Les garçons s'étaient éloignés de moi, attaquant leur échauffement sur les tapis de course.

Inspiration... Expiration...

Ce n'était pas du désir, mais de la curiosité. C'était là ma conclusion. Je refusais de m'agiter davantage l'esprit pour ce petit homme étrange. La bizarrerie m'avait toujours attiré. Il n'y avait rien de mal à expérimenter quelque chose de nouveau.

Quelles perversions étaient tapies derrière ce regard trop lisse pour me faire la politesse d'une œillade aguicheuse ? Je ne me considérais pas comme un canon de beauté, mais j'étais plutôt bien gaulée, avec mon visage mutin, mon fessier et ma poitrine arrogants. Un corps plutôt fin, certes, mais aux formes entretenues... J'estimais avoir un léger charme qui valait un petit détour, une petite flatterie de l'œil.

Peut-être qu'il aime les grosses !

Inspiration... Expiration... Que savait-il faire de ses mains ? Des doigts effilés donnant sur de larges paumes, puissantes... Peut-être étaient-elles douces ?

Inspiration... Expiration... Je ne le désirais pas plus qu'un autre homme. Nous aurions très bien pu nous connaître via Tinder et faire notre affaire.

Mais, non, sur Tinder, nous n'aurions même pas matché !

Inspiration... Expiration... J'étais juste curieuse. Un peu arrogante sur les bords. J'étais "habituée" au rentre-dedans, à la drague franche et au désir non-dissimulé. Tout le contraire de ce qu'il laissait transparaître. J'avais décidé de mordre à l'appât enrubanné de mystère.

Fin de série et de séance pour moi. J'ai rejoint Raphaël et son ombre, dans l'espace cardio de la salle de sport. Je me suis mise entre leurs deux tapis de course, tamponnant ma poitrine humide. Mon frère trottinait légèrement, frais comme une rose : ses foulées aériennes étaient rythmées, des gouttelettes commençaient à perler sur son front ; l'autre s'emmêlait presque les pieds, était trempé de sueur et essoufflé, comme au bout de sa vie.

Échange de banalités sur les faits divers quelques minutes... puis subtilement, j'ai fais une piqûre de rappel concernant le rendez-vous d'ostéopathie qu'il n'avait toujours pas pris. Il avait rit en manquant de s'étouffer et promit d'appeler dans la semaine à mon cabinet.

Raphaël, tout en allongeant sa foulée, me fit un clin d'œil, le pouce vers le haut, un sourire satisfait sur les lèvres.

2 – Une Fois La Pomme Croquée...

Il m'avait précisé ne plus être "habitué au contact" depuis bien avant son divorce. Lors de l'entretien, il n'avait pas cessé de bouger ses mains, tapotant nerveusement ses longs doigts sur mon bureau, frottant ses paumes l'une contre l'autre, comme pour se réchauffer.

J'avais posé les questions habituelles lors d'un premier rendez-vous avec un patient : "Depuis quand souffrez-vous ? Il y a-t-il eu un facteur déclencheur selon vous ? Une source de stress ? Un changement dans vos habitudes ? Etcetera.".

Comme s'il m'avait prise pour une psy, il avait parlé de son accident d'auto, de son divorce et de tout ce qui n'allait pas dans sa vie. Il avait le profil type du monsieur-pas-de-chance dépressif. Loin du queutard désinvolte que je m'imaginais. Notre première "vraie" discussion m'avait un peu déçue.

Le moment de l'examen venu, il resta droit comme un i. Son dos était moins velu que je le craignais, Dieu merci.
Le petit singe tatoué sur son omoplate droite semblait me fixer d'un air malicieux : était-ce la marque d'une erreur de jeunesse ou le signe

d'appartenance à une obscure secte de primates sodomites ? Je ris intérieurement à ces pensées, me délectant par avance d'avoir matière à creuser chez cet homme, qui n'avait rien de superficiel.

Malgré mon approche progressive, il frissonna et soupira à mon contact, comme pour relâcher une pression trop longtemps gardée.
À plusieurs moments, j'ai dû lui murmurer de se relaxer, de relâcher ses muscles – il en avait quelques-uns, bien tendus, sous son gras. À la fin de la séance, après le craquement final, il souffla de contentement, émit comme gémissement de plaisir rauque, animal.

Cela fait donc ce bruit-là, quand tu jouis ?

A la fin de la séance, il avait bredouillé les remerciements habituels du patient satisfait, s'était dit "soulagé". Il demanda s'il devait revenir et à quelle fréquence, en papillotant des paupières comme si ses yeux ne devaient pas se poser trop longtemps sur moi. Avait-il peur de se laisser ensorceler ?

Un silence gêné suivi. Qu'attendait-il pour prendre congé, s'il n'avait plus rien à me dire ?

Lassée du jeu des faux-semblants, je pris les rênes de la discussion habilement, lui indiquant que je vivais à l'étage.

- C'est plutôt pratique, fit-il en hochant la tête avec enthousiasme, tu es propriétaire ?
- Oui, tout à fait je l'ai acheté il y a deux ans... à l'occasion, tu devrais venir prendre un bain dans mon spa, ça aidera pour ton dos.

J'avais rebondi avec une innocence habille qui le déconcerta. Sans attendre sa réaction, je poursuivis en pouffant:

- Je ne le propose pas à tous mes patients, hein ! C'est parce que tu es un pote à Raphaël...
- Oui, oui, bien sûr... bredouilla-il en arrangeant le col de sa chemise d'un air gêné. C'est vraiment aimable de ta part... Tu me diras quand c'est possible, j'amènerais une bouteille de vin... pour te remercier.

Je ne me souvenais pas lui avoir parlé de mon amour du vin, mais je n'allais pas me laisser désarçonner par si peu.

–   Si tu es libre samedi soir, on pourrait s'organiser un petit apéro et tu profiteras du jacuzzi, avais-je proposé tout de go.
–   Oui, ce serait super, merci...

Puis, d'une manière plutôt malhabile, il avait décidé de me faire la bise, balançant aux chiottes la relation formelle que nous avions jusqu'alors. Sa fine barbe me piqua un peu, mais l'odeur sucrée de sa peau m'interpella.

-   À samedi, alors...

Les jours défilèrent à une vitesse folle et le samedi soir arriva sans que je m'y sois vraiment préparée : mon appartement était rangé, mais je ne m'étais pas épilée. Dommage, le broutage de minou disparaissait du menu.

Il arriva en retard, bégaya une excuse à propos du trafic impossible pour arriver chez moi et me tendit une bouteille de vin rouge qui avait dû coûter un certain prix.

Une bonne bouteille : un point de plus.
En retard : un point en moins.

Les compteurs sont à zéro...

Il était habillé de manière décontractée (un bermuda en jean noir et un t-shirt de même couleur avec le logo de Star Wars), s'était fraîchement rasé et sentait très bon... Pour une fois, il faisait son âge et semblait à l'aise dans sa peau.
Il portait en bandoulière une sacoche en tissu beige qui devait contenir ses effets de bain.
 J'avais opté pour une robe portefeuille en coton noire, sans sous-vêtement - s'habiller au plus pratique était ma devise. Il me fit la bise et son regard glissa sur moi, s'accrochant quelques secondes sur mes tétons dressés à travers le tissu de ma robe.

Je le reçu sur ma terrasse qui n'avait pas de vis-à-vis. Petits fours de chez Thiriet bien disposés, lumières tamisées et eau de mon jacuzzi bouillonnant, sans oublier la vue sur la ville éclairée. Après avoir glissé la bouteille de vin auprès du champagne dans un grand seau à glaçons, je m'affalai sur un canapé, à la romaine, lui intimant de faire de même face à moi. J'avais mis de la musique, une playlist composée de mes morceaux favoris de Ludovico Einaudi et Buddha Bar.

Nous parlâmes de mon frère et de sa dernière conquête, un certain Livio. Il évoqua également son travail et se plaignit de ses collaborateurs. Je l'écoutai en silence, hochant la tête en avalant quelques gorgées de vin.

C'était un moment délicieux : le doux liquide glissant dans ma gorge, sa voix apaisante, son regard chaste posé sur moi... Je me délectais de ces minutes ingénues comme une lionne observant sa proie. Il ne savait pas ce que j'allais faire de lui, il ne connaissait pas mes pensées libidineuses. Il savourait l'alcool avec une cruelle innocence. Puis vint le moment d'entrer dans le jacuzzi...

> – On passe à l'eau ? lui ais-je soufflé en agitant la bouteille de vin vide.

Il opina du chef en commençant à fouiller dans son sac en quête de son maillot de bain.

Surtout, rester naturelle. Provocatrice, mais naturelle.

À vouloir trop en faire, je risquais de l'effrayer. Quelle serait sa réaction ? Prendrait-il ses jambes à son cou ? A l'idée de le choquer, ma chatte palpita quelques secondes.

J'ouvris ma robe portefeuille et la laissai glisser sur le sol. Son sac lui échappa des mains presqu'au même instant. La mâchoire pendante, il essaya de bredouiller quelque chose, tandis que le rouge lui montait aux joues. Je lui adressai un sourire provocateur et lui indiquai de l'index une pancarte posée sur le muret près du bain à remous : ***"Aucun textile autorisé".*** Il avala difficilement sa salive sans me quitter du regard. Il inspira une longue bouffée d'oxygène et commença à se déshabiller docilement.

Bien

Son t-shirt Star Wars et son bermuda noir échouèrent sur le canapé, dévoilant un boxer rouge flashy. Il était donc un de ces hommes-enfants, ces geeks qui portaient des sous-vêtements inspirés de leurs héros favoris...
Je crus reconnaître le code couleur de l'uniforme de Monsieur Indestructible. Je ne souris pas, bien que j'en eu très envie : je ne voulais pas qu'il pense que je me moquais de lui ou de la petite bosse que formait sa bite. Il hésita quelques secondes, mais, sous mon regard inquisiteur, il se mit totalement nu, en

prenant soin de cacher son sexe recroquevillé
de peur dans ses larges paumes.

> – Les dames d'abord, articula-t-il en
> faisant un petit geste de la tête, comme
> pour s'incliner devant moi.

Je plongeai mon corps nu dans le jacuzzi
lentement, jusqu'aux épaules ; il m'imita,
gémissant de plaisir au contact de l'eau
brûlante. J'aimais mon eau très chaude.

En parfait gentleman et pour éviter qu'un
silence gêné s'installe, il proposa d'ouvrir le
champagne.
Première coupe : nous trinquâmes sagement à
"nous", à "notre santé" et au "dos soulagé".
Les bulles chaudes me taquinaient la peau,
tandis que les bulles fraiches me ravissaient le
palais. Comme s'il était perdu dans une
confusion silencieuse, mon invité fuyait mon
regard, regardant nerveusement autour de lui,
cherchant une brèche, une prise pour escalader
le mont de son inconfort et le vaincre.

> – Ta poitrine est très jolie... elle est
> parfaite, lâcha-t-il tout de go.
> – Oh... merci...

Avant même de laisser un nouveau silence s'installer, je poursuivis :

– Tu peux la toucher...

Il sursauta à cette invite, mais s'exécuta, se sentant à l'abri des bulles du jacuzzi. Il commença timidement du bout des doigts, tel un aveugle, sans me regarder. Il effleura un téton dressé, le caressa du pouce avant de se décider à prendre mon sein à pleine main afin de juger de son poids. Pour moi, ce fut le signal : je pivotai, afin de me positionner face à lui, mes jambes posées de part et d'autre des siennes. Il prit mes seins dans chacune de ses mains et les pressa légèrement, faisant jouer mes tétons entre ses doigts.

Je m'assis sur lui, prenant soin de ne pas m'empaler sur son sexe dressé. Il gémit en sentant mon poids et attrapa mes hanches d'une main, m'invitant à me frotter contre sa virilité. Je m'exécutai lascivement, en me cambrant légèrement, ma poitrine jaillissant hors de l'eau. Il la porta à sa bouche naturellement, puis avec avidité, la succion se faisant de plus en plus intense, presque douloureuse.

Je frottai mon sexe contre le sien lentement, mon clitoris se gonflant au fil des secondes. Il accompagnait mes mouvements en pressant mes fesses. Son gland semblait énorme, gonflé de sang, palpitant...

Les bulles du jacuzzi s'arrêtèrent, indiquant que cela faisait déjà une vingtaine de minutes que nous nous excitions dans l'eau. Je sortis en l'attirant par la main sur le canapé, exigeant la suite des réjouissances. Il ne se fit pas prier, mais garda réserve et contenance... un certain contrôle transcendait son regard.

Une fois enroulés dans nos serviettes, allongés l'un à côté de l'autre, la tension était redescendue rapidement. Les caresses du jacuzzi semblaient être un lointain souvenir. Nous commençâmes à beaucoup (trop?) parler. C'était, à mon avis, sa façon de garder la main, de décider si le jeu en valait la chandelle.
Il m'avait dit, sans détour, qu'il était un homme blessé et difficile, qu'il était l'ami de mon frère… et que je n'étais pas son type de femme.

Visiblement, je n'étais pas assez grande, pulpeuse et féminine à son goût.

Il fallait donc lui proposer autre chose…
quelque chose d'original.

Ne pas être ce qu'il recherchait, sur le
moment, m'importait peu. Je voulais
seulement qu'il cède à mes exigences égoïstes,
qu'il satisfasse ma curiosité, qu'il soit juste un
homme dont la queue durcisse à ma vue à cet
instant précis. Qu'il nourrisse mon égo comme
tant d'autres avant lui.

Tout en buvant du champagne, nous parlâmes
de sexe. De libertinage. Du novice qu'il était et
de son désir d'être initié à ces plaisirs. Il
feignit la timidité, pour dissimuler le fait qu'il
n'aimait pas son corps de grand dadais mal
dégrossit. Je voyais clair dans son jeu, mais
n'eus pas envie d'évoquer ce détail
insignifiant. Pour moi, quelque soit la forme
de notre corps, il était l'instrument de notre
plaisir et de notre bonheur. Il fallait tout
simplement oser.

J'évoquais certaines adresses, lui promis que
nous irions, pour qu'il découvre ce monde "
pas si sale que ça". Je fis miroiter habilement
cette atmosphère exhalant le lâcher-prise et
l'absence de jugement. Je vis sans mal que la
discussion avait ouvert son appétit : une
érection sous sa serviette de bain se profilait…

…Puis, sans que je ne m'y attende plus, il se décida. Enfin. Il recommença à me toucher. Tel un adolescent, il tenta plusieurs choses, tout en me transperçant de son regard… *ces yeux… ce froid, ce contrôle*. J'étais tiraillée entre ma fausse pudeur - gênée d'être ainsi observée, testée - et mon envie de m'abandonner à lui et d'apprécier le moment présent.

Ce jour-là, il ne me donna pas ce dont j'avais envie –lui, entièrement hors de contrôle, transit de passion, vénérant mon corps du bout de sa langue- mais, pour une raison qui m'échappe, j'étais persuadée que ce n'était que partie remise. Je me suis silencieusement lancée ce défi à moi-même tandis que ses doigts pénétraient ma chatte. Visiblement, il fut étonné par mon accueil aussi chaleureux et qu'humide.

Il savait utiliser ses mains, en véritable artiste. Du bout des doigts, il effleura mes limites… par hasard, mais d'une façon douce et assurée. J'avais l'étrange sensation que mon corps le reconnaissait, lui, alors qu'il n'était qu'un explorateur, un aventurier.

Je n'étais pas son type de femme, son foutu cerveau lui envoyait des signaux contradictoires, cela se voyait dans son regard et se sentait dans son souffle. Je m'abandonnais, goutte à goutte, sous ses caresses.

Il se délectait de ce flot qui s'écoulait de moi, alors que je me tordais sous la délicieuse torture que m'infligeaient ses doigts. Il ressemblait à un enfant s'amusant avec un nouveau jouet. Les premières minutes, il se focalisa sur mon plaisir, ignorant le sien...Puis, n'y tenant plus, il me retourna comme une crêpe, attrapa ma croupe et me pénétra violemment.

– *Oh...*

Mes entrailles prirent feu, ses va-et-vient diffusant encore plus loin l'incendie.Ce ne fut ni court, ni tendre... Mais plutôt long, bestial et laborieux. Je sentais ma colonne vertébrale se tasser sous la poussée vaillante de son bassin.

– *Oh...*

Il me baisait avec fureur, comme pour me punir de l'avoir chauffé. Il me prenait rageusement, comme s'il me possédait corps et âme depuis toujours. Le « *splash* » de nos corps s'entrechoquant s'accélérait sans qu'il ne daigne reprendre son souffle...

Un peine-à-jouir, c'est bien ma veine !

    –   *Oh…*

Changement de cadence… un rythme *plus humain*, mais pour mieux, de sa main gauche, stimuler mon clitoris et s'enfoncer au fond de moi… jusqu'à ce que j'explose et inonde sa queue de cyprine. Comme ayant obtenu satisfaction en sentant ma chatte éclabousser ses cuisses et palpiter sur sa bite, il s'autorisa quelques coups de reins courts et fermes en moi avant de, lui aussi, atteindre l'orgasme.

3 – La Salope Apprivoisée

Ce saligaud avait réveillé une faim insatiable depuis le soir du jacuzzi.

Dans les jours qui suivirent, je montais régulièrement à mon appartement entre deux patients afin de m'offrir un moment de plaisir solitaire. Je lui envoyais alors une photo du crime, afin qu'il admire mon intimité ruisselante. Je l'accusais ouvertement d'être responsable de cet état second. De fausses plaintes qui dissimulaient des flatteries...qui gonflaient sa bite et son égo.

Certains jours, il lui arrivait de m'envoyer un texto innocent "Je suis dans ton quartier, prends-tu les urgences ?".
 Je répondais souvent par l'affirmative en traversant la salle d'attente d'un air soucieux, marmonnant un mensonge d'excuse au patient que je devais recevoir, afin qu'il m'accorde quelques minutes supplémentaires de patience. Je m'engouffrais alors dans ma salle d'examen, retirais tous mes vêtements, à l'exception de ma blouse bleue marine, déverrouillais la deuxième porte de ma salle d'examen, celle qui donnait sur l'extérieur. Je me mettais dos à la porte, les mains à plat sur la table d'examen. Il arrivait rapidement,

passait la porte en ouvrant sa braguette, me penchait sur ma table d'examen en me maintenant ainsi quelques secondes avant de me pénétrer. Il aimait, avant l'instant fatidique, me susurrer des saloperies à l'oreille. Souvent, lors de ce jeu, je ne voyais même pas son visage : il entrait, me prenait sauvagement et repartait, me laissant la chatte à l'air et pleine de foutre, les jambes tremblantes.

D'autres fois, il m'invitait à son appartement "pour boire un verre". C'était un endroit plutôt agréable, calme et propre... mais trop grand pour lui. Il tentait d'occuper l'espace comme il pouvait, en multipliant les plantes d'appartement et les bibliothèques. Il me baisait souvent sur sa terrasse pour commencer, puis nous passions au salon avant d'aller dans la chambre. Ses chats, voyeurs silencieux, miaulaient nonchalamment en passant entre nos jambes.

> — Elle t'aime bien, m'avait-il soufflé un jour en parlant de la chatte qui jouait avec mes orteils.
> — Et toi, tu m'aimes bien ? avais-je rétorqué sans réfléchir.

Devant son regard effrayé, je me rendis compte de son malaise et du mien. J'attrapai sa queue entre mes doigts et puis la pris dans ma bouche, lui arrachant un grognement.

Les heures passées avec lui s'imprimaient dans ma chair et résonnaient plusieurs heures – voire plusieurs jours - après. Je me surprenais à penser à lui à des moments inappropriés, ma chatte humide et palpitante. De brefs souvenirs de notre dernière partie de jambes en l'airsuffisaient à me faire monter le rouge aux joues. Je revivais sans cesse dans ma tête ces instants où il me soulevait, m'écartait, me pliait dans tous les sens et me prenait sous tous les angles.*Comme sa chose… comme sa salope.*Je ne m'en offusquais pas, au contraire, j'adorais cet état de faits. Ces moments où je pouvais lâcher totalement prise étaient délicieux.

J'étais piégée. Je le désirais. Fort. Déraisonnablement. Je payais le prix de mon impudence. Ce n'était plus de la curiosité. C'était de l'envie pure, aussi claire que la mouille qui tapissait ma culotte lorsque je recevais un de ses textos. J'avais perdu le contrôle – si un jour, je l'avais vraiment eu.

Et lui, il avait toujours le regard froid et calculateur d'un éternel observateur… une glace que le feu passionné qui me rongeait, ne faisait même pas transpirer. Il avait, simplement, déjà fait le tour de ma personnalité et de mon cul en quelques semaines à peine.

Il traînait moins avec mon frère, étrangement, et les jeudis-bowling s'étaient transformés en jeudis-baise à son appartement ou chez moi. Nous n'avions pas pris d'habitudes à proprement parler (nous refusions de tomber dans ce genre de travers réservés aux couples). Nous nous laissions porter par nos envies – ou du moins, je le laissais m'attirer dans le gouffre sans fond de ses désirs.

Splash... Splash... Splash... à n'en pas finir...

Tout allait pour le mieux, tant que je ne me posais pas de question. Nous nous voyons, nous nous soûlions, nous baisions. Simple et efficace. Une pratique saine et hygiénique pour lui, le divorcé aux chats et moi la misanthrope occasionnelle.

Lorsqu'il était en moi, c'était comme si je faisais un énorme droit d'honneur à la terre entière et à tous ces principes inutiles comme la retenue et la pudeur. Je devenais quelqu'un d'autre, insouciante et soumise, intrépide mais à l'écoute de mes sensations.

Il me déconnectait de tout, même de mon cerveau par moment. Mon amant devint ma drogue. Et la junkie que j'étais en redemandait encore toujours plus, sans se soucier de l'overdose.

L'état de manque, souvent, ouvrait une brèche de lucidité…Ce n'était pas non plus « mon type d'homme ». J'essayais du moins de m'en persuader. Physiquement, rien chez lui ne m'évoquait le mâle dominant avec lequel j'espérais un jour me reproduire…mais la sapiosexuelle qui sommeillait en moi en avait décidé autrement. Je mouillais pour ce salopard à l'égo démesuré, qui transpirait l'intelligence, le je-ne-sais-quoi à mi-chemin entre le geek rebelle et le divorcé anéanti.

Souvent, je m'endormais, l'entrejambe mouillé, après un dernier texto –ou sexto. Je ne rêvais pas de lui, Dieu merci, il ne manquerait plus que ça. Mais le matin, un long frisson me traversait le bas-ventre et me tenaillait comme une faim inapaisable : j'avais envie de le voir, j'avais envie qu'il me touche, encore.

J'étais un oiseau de nuit insaisissable pour tout le monde, mais en secret, j'adorais la cage qu'il me faisait de ses bras.

Je me sentais tomber, tourbillonner, dans une spirale inconnue mais enivrante : les sentiments.

∞

« Le monde serait en flammes,
Personne d'autre que toi ne pourrait me
sauver.
C'est étrange ce que le désir
Arrive à faire faire aux insensés.
Je n'ai jamais rêvé de rencontrer quelqu'un
comme toi… je n'ai jamais rêvé de rencontrer
quelqu'un comme toi…
Non, je ne veux pas tomber amoureuse… Non,
je ne veux pas tomber amoureuse…
De toi…»
Wicked Game, Chris Isaak

∞

C'est troublant, de perdre le contrôle. Au début, c'est plutôt désagréable, on est désorienté, mal à l'aise. On se sent à poil… La *confusion laisse place ensuite à une sensation de paix, **l'acceptation**.*

J'ai signé ma reddition la première fois que nous nous sommes *vraiment* embrassés. Ses lèvres ont d'abord effleuré le coin des miennes, avec douceur… puis il s'est laissé aller à la passion, caressant mon dos, mes reins, mes fesses…sa langue cherchait la mienne tandis qu'il me plaquait contre le mur, me soulevant à bout de bras pour me poser sur le bar de la cuisine afin de mieux me bouffer la chatte… *Oh.*

Avant cela, il y a eu une première tentative, ratée. Alcoolisée, j'ai voulu marquer mon territoire en présence d'autres pouffiasses qui « rigolaient un peu trop » avec lui. « *Epic Fail* » commedisent les jeunes… Il m'avait repoussée sans ménagement en se moquant de mon état d'ébriété. Après tout, nous n'étions pas en couple, et, à moins de renifler l'odeur de ma cyprine dans sa barbe, aucune de nos fréquentations n'avait idée de nos égarements réguliers. Les jeudis-baise étaient et devaient rester un secret : c'était toute leur beauté.

 Il y a eu d'autres tentatives, maladroites, durant nos ébats, mais ce n'était pas ce que je voulais. Il posait ses lèvres sur les miennes, comme s'il n'avait pas d'autres endroits où les poser, sur le moment.

« Je n'aime pas embrasser » m'avait-il confié, un jour, comme pour justifier sa réticence. Tout comme moi, je n'ai jamais aimé cela. Jusqu'à lui. Jusqu'à ses lèvres… je les voulais pour moi. Sur mes lèvres, dans mon cou, sur mes seins, mon ventre, ma chatte… Sa langue explorant mon corps avidement…

« Je n'aime pas embrasser » … *« Je n'embrasse pas »* … Refrain bien connu des escort-girls et autres professionnelles du sexe. Mon amant serait-il une pute refoulée ? Avait-il peur de trop me donner ? De céder, à moi, qui ne suit pas du tout son type de femme : trop mince, trop petite, trop brune, trop garçonne… Il devenait de plus en plus clair que j'avais plus de chances de l'enculer à sec que d'obtenir de lui un vrai baiser.

« …pas mon type de femme… »
« Ok, Champion. Mon égo a vu pire comme égratignure… Tu es libre de rêver de ta femme idéale, mais en attendait, c'est moi que tu baises, alors fais-le bien. »

Pendant un instant, je me suis demandée ce qu'il en serait, si j'étais « une femme selon son cœur » comme il me l'a décrite, un jour. On se serait peut-être mis en couple. Il était un des rares humains que je supportais plus de deux heures d'affilée ; nos goûts (bouffe, musique etc.) étaient soit similaires, soit complémentaires...

Peut-être que...Non! Le plaisir n'aurait certainement pas été le même : la jouissance d'une salope est fugace, aveuglante, presqu'interdite au commun des mortels… parce qu'il pouvait tout se permettre avec moi, parce que je ne serai jamais la femme de sa vie.Il pouvait être entier et vrai avec moi, sans craindre aucune conséquence.
Jalouser une éventuelle bobonne au tablier qu'il troncherait tous les dimanches en missionnaire après la messe ? Non, ce n'était définitivement pas pour moi.

Il ne fallait absolument pas que je me rapproche de ce grotesque idéal féminin.
Ne rentrer dans aucun moule.
Préserver la passion, la folie.
Maintenir le désir et protéger cette relation qui ne tient qu'à un fil.
Avoir le tournille.
Me faire secouer dans tous les sens.

Je n'étais pas son type de femme… J'étais son type de salope, et, clairement, c'était exactement ce qu'il me fallait.

4 - Les Mots/Maux de trop

*Il me susurre : « Serres-moi fort… plus
fort… »*
*J'essaie de toutes mes forces de l'enlacer, à
m'en briser les bras.*

*Il m'embrasse dans le cou avant de
reprendre : « Tu me manques, tellement… »*

*Son regard est luisant de tristesse et sa voix
nerveuse, mais il poursuit : « Je ne t'aime
pas… mais je veux que tu sois mienne ».*
*Il sent l'absurdité de ses mots et demande un
châtiment :« Frappe-moi ».*

*Je le gifle une première fois, sans y mettre de
force, juste pour qu'il ferme sa gueule
d'ivrogne. Mais il continue à parler, à dire
qu'il faut que je le frappe vraiment. Alors j'y
mets toute ma force, avec l'envie de le voir
saigner… mais je regrette, je l'embrasse.*
*Il me murmure : « Apprends-moi à ressentir
ces choses… ».*
*S'il savait que j'étais encore plus paumée que
lui, sur l'instant.*

*Il sanglote : « Je t'aime et je te déteste
tellement fort »*
Il murmure : « Je t'aime »

Ces mots. Ces trois putains de mots. Il les avait dits, à plusieurs reprises –leur contraire également. Mais, bordel, il les avait dits.

Dans un état second, partait-il dans une logorrhée blessante ou avait-il été franc avec lui-même ? Je ne saurai jamais ce qui s'était réellement passé en lui à ce moment-là. Pour mon bien, peut-être était-ce mieux.

Putain... à quel moment les choses se sont-elles compliquées ?

Sans que je ne puisse contrôler la chute, nous avions entamé ce soir-là une descente aux enfers, picolant et maudissant la terre entière, ressassant des idées noires. Enfin, surtout lui... Divorce, ex, chats... le cercle infernal habituel.

On était ronds comme des tonneaux, pourtant, nous avions titubé jusqu'à son lit et retiré nos vêtements. Il m'avait fait l'amour, avec tellement de tendresse, quelques-unes de ses larmes avaient glissé sur mes lèvres... J'ai eu la sensation, ce soir-là, que nos âmes étaient rentrées en collision. Il a fallu qu'il boive comme un trou pour me dévoiler cette facette de lui. Dommage.

L'alcool, c'est vraiment le mal absolu.

Il m'avait fait l'amour, puis s'était endormi paisiblement. Sur l'instant, cela paraissait tellement… normal. J'ai, un moment, fermé les yeux en écoutant son cœur et sa respiration, savourant l'odeur de sa peau... Je me suis sentie partir, prête à passer la nuit avec lui. Mais la réalité m'a vite rattrapé quand il a commencé à ronfler : j'étais sa salope.

Une salope ne passait pas la nuit avec son amant. Elle s'éclipsait dans l'obscurité et le silence, avec sous le bras, ses talons, son string et éventuellement sa honte. Nous ne passerons jamais la nuit ensembles. Jamais. Une promesse ? Une malédiction ? Une certitude… Après l'avoir quitté ce soir-là, je n'ai dormi qu'une paire d'heures. J'ai beaucoup pleuré *(pourquoi ?!)* avant de trouver le sommeil. « Il était soûl, nous étions soûls » me suis-je répétée. C'était le seul résumé que je pouvais faire en toute lucidité, pour refermer cette porte, pour tenter d'oublier.

Il n'y avait plus de contrôle dans ses yeux et pendant un instant, j'ai trouvé cela bien...

chaleureux, agréable, valorisant. Je ne devais pourtant pas. ***Ces yeux, ce froid, ce contrôle…*** C'était pour cela, au départ, que je le voulais. Ses faiblesses et ses incertitudes ne devaient pas me mettre dans cet état. Je ne devais pas aimer cette tendresse. Je ne devais pas... l'aimer.

Je suis sa salope, je dois rester à ma place.

Les jours passèrent. Nous évitions d'évoquer la fameuse nuit de beuverie qui avait mal tourné. Nous avions décidé de repartir sur des bases saines de baises sans lendemain, celles qui nous faisaient du bien. Nous coupions court dès lors qu'un sujet triste s'annonçait. Nous rejetions tout ce qui pouvait tuer le « buzz » en nous grimpant dessus fougueusement, comme si c'était notre dernier jour sur terre.

∞

J'étais son instrument de musique.
 Il obtenait de moi des sons rauques ou aigus, des vibrations... J'étais son instrument de musique...
 Il se jouait de moi. Il savait. Il savait ce que je ressentais, bien avant que je me l'avoue à moi-même. Il savait et il m'observait.

Ce n'est pas de la paranoïa.

Il évoqua « *With or without you* » de U2 et dit que ce serait de la folie d'y consentir.

Il se lavait les mains de tous sentiments que je ressentirais à son égard – il n'avait rien cherché de tout cela. Il ne voulait pas être tenu pour responsable d'une quelconque évolution, d'un malaise ou d'un mal être.

Salaud. Couille molle. Tu n'es donc qu'une bite sans cœur, sans courage ?

Comment pouvait-il être prêt à tout arrêter ou à continuer sans gêne? ***Ce froid, ce contrôle, ces yeux…***
Ma fierté me criait de me sevrer de cet enfoiré. De l'envoyer chier par texto et de retourner à ma routine : des bites, il y en avait plein mon répertoire téléphonique. Mais une fois dans la même pièce que lui, je me sentais désarmée et me retrouvais nue, soumise à mes pulsions, à ses caprices.

Splash… Splash… Splash…

Une routine d'un autre genre s'installa malgré nous. Il savait qu'il devait jouer précautionneusement, ne pas faire de fausse note. Il installa des limites, marqua des pauses dans nos jeudis-baise. Il s'évertuait à ne rien faire de trop gentil afin que je ne m'emporte pas, afin que je ne confonde pas ses gestes avec des élans romantiques... *Trop aimable.*

Je dormais (trop)peu, il dormait beaucoup (trop). Je n'avais jamais assez de lui. Je devenais, selon lui, trop exigeante.
 Était-ce inconscient chez lui, où, provoquait-il volontairement le manque, afin que j'explose sous ses doigts ?

Alors, je me surprenais à attendre. Comme une chienne attendrait qu'on daigne lui lancer un bâton pour jouer. Puis, je m'irritais d'être aussi dépendante de son bon vouloir. Mon caractère impulsif reprenait le dessus, je m'emportais. Je ne sais combien d'inepties j'ai dû lui envoyer au visage, sans vraiment que cela ne le touche. ***Ce froid, ce contrôle, ces yeux...***

Il était le musicien, j'étais l'instrument. Je ne pouvais jouer seule. Il décidait des partitions. Il était le musicien, éveillant mes sens, et j'étais l'instrument, mais aussi la spectatrice. Avec lui, je me sentais différente. Je ne me suis jamais « vue » ainsi. Était-ce cela, le bonheur ? Si oui, il avait le goût d'alcool, de clopes et de foutre. Je souriais, seule avec mes pensées. J'entendais la mélodie de nos ébats résonner dans ma chair… Il me rendait heureuse. Le savait-il ? Voulait-il le savoir ? *On s'en fout.*

Il m'a fait pleurer. Au départ, je lui en ai voulu. Par la suite, j'ai compris. Nous étions en train de dévier et de nous perdre, de foncer contre un mur. J'exigeais des choses de lui comme une petite amie, que je refusais d'être, que je ne pouvais être.

Il n'avait pris aucune pincette pour sa salope. Il a été droit au but, comme le bourrin qu'il a toujours été au pieu : ce que je ressentais, quoi que cela soit, était à sens unique. Il m'a clairement dit qu'il n'y pouvait rien, mais qu'en récolter les fruits (une bonne baise régulière), ça l'intéressait bien. *Classe.*

Il m'a fait pleurer. Je l'ai dit à mon frère, qui, visiblement, n'en avait rien à foutre. Après tout, j'avais cherché les « ennuis ».*Merci, Frérot...*
Je ne m'attendais pas à ce que mon Raphaël lui casse la gueule, mais au moins qu'il

s'apitoie sur mon sort. J'ai eu droit à un « *ça passera avec le temps* » et un geste blasé de la main, très tantouze.

Il m'a fait pleurer. Mais, avec le recul, ça m'a fait du bien, de vider mon cœur, comme s'il avait tiré sur une vanne, pour vidanger tout ce que j'avais accumulé. Je me suis sentie vide au départ. C'était plutôt désagréable comme sensation, mais j'avais enfin « de la place ». Je me suis recentrée sur moi, mes projets. J'ai renoué avec des amies délaissées et ai recommencé à visiter ma mère. J'ai pris un chat, écouté de la musique, même si toutes mes playlists portaient sa marque...

Nous sommes restés plusieurs semaines sans nous voir, sans nous parler. Il m'a manqué. Il faisait partie de mon quotidien, après tout. Sa voix me manquait. Ses mains sur mon corps me manquaient. Ses lèvres me manquaient. Son odeur me manquait. Son sexe me manquait. J'ai fini par me demander ce qui n'allait pas chez moi, pour que ce gros porc me traite ainsi. Puis je suis passée rapidement au stade de la colère : le haïr était plus facile que de l'aimer désespérément. Ensuite, j'ai fini par relativiser et me dire que c'était lui, le perdant, le mec paumé avec ses chats...

5 - Bim Bam Boum…

Je m'étais plongée dans une cure de désintox anti-salaud. Reprise des habitudes saines comme le sport, les sorties au bowling du frangin, les cocoonings en institut de beauté ou plages entre copines qui récompensaient des journées de boulot à rallonge.

Je me suis décidée à accepter une sortie avec un jeune homme, un flirt de lycée. Je ne l'avais pas revu depuis des années, car juste après le baccalauréat, il s'était envolé pour les USA, poursuivant un rêve un peu flou pour moi à l'époque. Il était actuellement en vacances dans la région, visitant sa vieille maman et ses nombreux neveux et nièces.

J'avais beaucoup d'appréhensions, en acceptant son invitation : je l'avais à peine reconnu sur la plage lorsque nous nous sommes recroisés. Je quittais ma zone de confort. C'était comme rencontrer un inconnu. Plus de frère entremetteur / filet de sécurité, plus de Matche de Tinder. C'était réellement du un contre un.

Je fus agréablement surprise : le jeune homme n'était plus du tout le « petit con » que j'avais connu au lycée. À l'époque c'était un arrogant petit richard, sûr de ses charmes, imbu de sa personne, superficiel. Le changement avait été radical. Il était médecin et impliqué dans de nombreuses causes humanitaires. Sportif, végan, écolo et tout le tintouin.

Nous avions diné dans un restaurant en bord de mer, en évoquant nos connaissances communes et leurs différents parcours. Ses yeux se perdaient dans mon décolleté tandis qu'il susurrait que je n'avais pas changé. *Un point pour toi.*

Il était très attirant : tout en muscles, du haut de son mètre quatre-vingt-cinq. Lui non plus n'avait pas changé depuis le lycée, mis à part sa belle barbe noire taillée à la perfection. Regard mutin, sourire charmeur et humour piquant. Comme on dit « femme qui rit, femme à moitié dans ton lit »...

Bim, bam, boum, l'affaire se fit. Une bise après le dîner qui se mua en baiser avide et l'hôtel le plus proche fut de point de chute.

Bim, bam, boum, il me retira mes vêtements en me couvrant de baisers puis me fit la politesse d'un cunnilingus de quelques minutes afin de préparer mon minou tout juste épilé pour lui. Je l'entendis déboucler saceinture et son pantalon glissa sur le sol. Il enfila son préservatif sur son manche déjà dressé…

Bim, bam, boum…

… mais merde, ***je me suis mise à penser à l'autre***. Il était là, dans ma tête, alors que mon flirt de lycée me baisait désespérément sans me faire jouir. Le jeune homme y mettait tout son courage, sa dévotion, son talent… je le sentais mais impossible de me laisser porter. J'étais ancrée au port d'un autre.

Bim, bam, boum… j'ai simulé afin que le pauvre type arrête les frais. Ce n'était pas sa faute, je le savais très bien. Il avait fait tout ce qu'il fallait. Me limer la chatte durant des heures n'y aurait rien changé : mon corps, à ce moment, n'avait qu'un seul maître. J'ai mis le paquet en gémissant comme une chiennasse dans son oreille d'Adonis afin de lui donner le signal : il fallait qu'il jouisse, lui aussi, pour que la soirée se clôture. *Bim, bam, boum…* il ne se fit pas prier.

Le jeune homme fut remercié en fin de soirée. Je fis la femme heureuse et comblée alors qu'en vérité, je ressentais un vide et une peur indescriptible. Je ne me reconnaissais plus. Je ne savais plus si un jour, je pourrai me retrouver : être à nouveau maîtresse de moi-même, de mes sensations.

∞

Je revis mon amant deux semaines après. Je lui confiai mon escapade avec mon flirt de lycée et que par sa faute, j'étais au bord de la folie, je perdais pieds… que je l'aimais. Les mots et les gestes que j'eu en réponse me brisèrent moralement et physiquement. Il m'avait piétinée. Je m'étais laissé faire. Je n'avais pas bronché. Je l'ai laissé profiter de moi, une ultime fois, avant de m'enfuir dans la nuit, son foutre plein le ventre et l'envie de vomir qui tambourinait à mes tempes.

∞

Un mois après ce soir-là je le recontactai. Un texto que j'ai voulu calme, anodin. Je lui ai dit avoir besoin de parler, il répondit que lui aussi. Nous prévoyâmes de nous revoir dans un lieu plutôt neutre, un parcours sportif. Résultat : nous nous sommes vus, sans que cela vire à la partie de jambes en l'air habituelle…

On s'est posé et on a discuté, en amis... sans que je lui suggère de me baiser à sa façon, la

seule qui me plaise. Pas de frustration.
Quelque chose a changé. Nous sommes-nous
lassés l'un de l'autre ? Ce serait logique… et
triste.

Étrangement, je me suis sentie en paix vis-à-
vis de cela. Plus de pleurs, plus d'attentes
déraisonnables. Juste nous. Parce qu'on a fait
le tour (un sacré tour) de nos âmes. Parce que
j'ai décidé d'arrêter de souffrir.

Je savais qu'un jour, il rencontrerait
quelqu'un. Une femme qui soit « son genre ».
Je savais qu'il ouvrirait son cœur et qu'à cet
instant, voire même avant, je devrais
m'effacer.

*La bonne salope doit toujours être prête à
disparaître.*

- *C'est peut-être juste de la passion,
  l'attrait de la nouveauté, ça te passera,
  avait-il soufflé doucement.*
- *Je ne suis pas une gamine, je sais faire
  la différence, je sais ce que je ressens.*

Oui, je sais ce que je ressens.

J'avais ce poids au ventre, cette sensation qui
me rongeait et me détruisait. Lui en parler

n'aurait rien changé à la situation. Je l'ai laissé dans l'ignorance, cette sorte d'innocence que je lui offrais en échange du bonheur fugace qu'il avait fait naître en moi.

Deuxième Partie : Lui

1 - De Mes Chats... Jusqu'à Elle

Six mois. Cela faisait déjà six mois qu'elle était partie.

La lettre de mon avocat notifiant mon divorce trônait toujours sur mon meuble d'entrée, sous le vide-poche. Les premières semaines, je me souviens y avoir jeté un coup d'œil à chaque fois que je rentrais ou que je quittais mon appartement… Comme pour être sûr que la situation était réelle.

L'année passée a été la pire de mon existence. Entre mon accident de voiture, mes problèmes de santé et la trahison de celle que je pensais être la femme de ma vie… J'avais tiré le gros lot !

Je commençais à m'habituer à mon quotidien de célibataire, m'accrochant à mon train-train comme à roc : travailler dix heures par jour, cinq jours sur sept, manger comme un putain d'athlète et m'esquinter à la salle de sport jusqu'à pas d'heure. J'appelais secrètement cela « la routine du cancrelat », car je ne voyais quasiment personne, enfermé dans mon bureau, j'allais au sport aux dernières heures d'ouverture du gymnase et il n'y avait évidemment personne qui m'attendait le soir à mon appartement.

Les week-ends, il m'arrivait de lâcher prise et de me noyer dans du whisky. Du vendredi soir au dimanche matin, je me retrouvais dans un état pitoyable oscillant entre l'ennui, la gueule de bois et le dégoût de m'être branlé plusieurs fois d'affilé.

Je portais des toasts en l'honneur de mon ex-femme en renversant de l'alcool sur ma terrasse, dans ses précieux ficus qu'elle n'avait pas eu le cran de récupérer :

-   ***Connasse !***

Mes chats, Miaous et Pacha semblaient vouloir me consoler, se frottant contre mes jambes en ronronnant. Cette pouffiasse nous avait abandonné tous les trois sans un regret.
Il était difficile de ne pas se sentir comme de la merde, à cette époque-là : j'étais plein de colère et je me renfermais sur moi-même au fil des semaines… jusqu'à ce que je fasse la connaissance de ***cette femme.***

Tout a commencé lorsqueRaphaël (le petit mec gay du service informatique)m'a invité à aller boire un verre dans un bar sportif.

Je n'aimais pas l'idée de boire hors de chez moi, mais le principe de l'endroit me séduit. Il s'agissait d'une sorte de café ou ils vendaient de l'alcool, mais aussi de quoi grignoter en cas de fringale.

Serveuses canons et uniformes provocants à souhaits : j'étais aux anges, déjà ivre sans avoir encore but une goutte. Elles étaient habillées en arbitres, version sexy, leurs shorts moulants et leurs hauts décolletés prêts à craquer sous la pression de leurs formes généreuses.

Je fus content de porter un jean large ce jour-là, car ma bite durcissait rien qu'à être assit en présence de ces délicieuses créatures. La serveuse qui nous présenta la carte avait un badge où été inscrit son pseudonyme : « Anna ». Elle m'adressa un sourire lascif en me souhaitant la bienvenue, caressant le dos de ma main du bout de ses doigts parfaitement manucurés. Elle s'était penchée pour faire la bise à Raphaël (visiblement un habitué de l'endroit) et mes yeux roulèrent dans son décolleté. Lorsqu'elle quitta notre table afin de nous laisser choisir, je fantasmais en me demandant silencieusement si Anna aimait l'anal, au regard de ses attributs callipyges, qui réveilleraient un mort.

Pendant un instant, je me demandai pourquoi Raphaël, clairement déclaré homosexuel, m'avait traîné dans ce bar à l'ambiance hétéro, voire macho. Innocemment, j'avais osé lui poser la question. Le jeune homme me gratifia d'un sourire étincelant et me confia :

- Tu serais étonné du nombre de gays actuellement présents dans ce bar.

Il bu une gorgé de sa pinte et poursuivit en faisant un petit signe discret de la tête en désignant le barman, un colosse aux bras plus épais que mes cuisses :

- Lui c'est Frédo, le patron.
- Et ? m'enquis-je les yeux pleins de questions.
- Avant que je parte, il va me sucer tranquillement dans les chiottes.

Raphaël se cala sur son siège, leva sa pinte en direction du barman en lui souriant malicieusement. L'homme passa rapidement sa langue sur ses lèvres violettes et lui fit un clin d'œil complice.

- Ok, concédais-je calmement. Mais moi, je ne te sucerai pas, hein !

Le jeune homme pouffa légèrement et me tapa sur l'épaule amicalement :

- Relax, mec. C'est une sortie entre potes, pas de ça entre nous...

Je lâchai un soupir de soulagement qui fit rigoler de plus belle l'informaticien.

Nous finîmes nos verres silencieusement, la musique était agréable et l'ambiance très sympathique... jusqu'à ce que le bar se remplisse trop pour que je m'y sente à mon aise. Nous nous étions sûrement installés un peu avant l'heure de pointe, je n'avais pas réalisé que les gens arrivaient en masse, par groupes de cinq ou six.

Oppressé, je dus sortir prendre l'air, comme au bord du malaise. Raphaël me rejoignit quelques minutes après. Je lui expliquai que tant de monde dans un si petit endroit me donnait des sueurs froides. Il compatit en me tapotant gentiment l'épaule et me proposa une sortie plus calme, le jeudi suivant. Il baragouina quelque chose au sujet de sa sœur,

que je n'étendis pas, tant mon sang
bouillonnait fort au niveau de mes tempes.

Blême comme un linge et transpirant comme
un porc, j'acceptai l'invitation afin de couper
court à la conversation et échapper au
brouhaha. Il attendit que je me refasse une
santé et que je grippe dans mon auto. Il s'en
retourna alors vers le bar, sûrement se faire
sucer la bite par Frédo.

Le fameux jeudi soir arriva. Rendez-vous au
bowling. Je fus accueilli par un petit groupe de
personnes qui semblait toutes se connaître
entre elles. Elles étaient toutes habillées de
manières décontractées, alors que moi,
j'arborais une chemise aux longues manches et
un pantalon… je sortais du boulot.
Visiblement, le terme « afterwork » n'était pas
à prendre à la lettre, car, à moins d'avoir
affaire à un groupe de chômeurs, aucun
n'étaient en tenue de travail.

Mais qu'est-ce que je fous là ?

Je me suis senti un peu exclu au départ, mais, au fil de la partie, j'ai sympathisé avec tout le monde.Ils rirent à mes blagues cochonnes, je ris aux leurs... La sœur de Raphaël, *elle*, avait plutôt l'air de se faire chier comme un rat mort.

Elle avait cette façon peu commune de sourire, si l'on pouvait appeler cette torsion des lèvres un sourire. Elle avait une coupe et des vêtements à la garçonne, qui détonnaient avec son corps fin et son maquillage sophistiqué. De grosses boucles argentées pendaient à ses oreilles, tintant à chacun de ses mouvements. Si elle ne portait pas ces vêtements informes, j'aurais pu jurer qu'elle avait un beau cul, mais dans le doute... je ne me suis pas lancé dans un examen approfondi. Il aurait été mal vu de reluquer la petite sœur de Raphaël, qui était vraiment sympathique avec moi.

La soirée s'était super bien passée. Cela faisait longtemps que je ne m'étais pas autant amusé. Mon équipe gagna, grâce à moi. Ils m'invitèrent même à leur prochain afterwork, le jeudi suivant, même lieu, même heure. J'acceptai en contenant ma joie, pour ne pas paraître trop désespéré.

J'avais rarement l'occasion de fréquenter d'autres personnes, des gens qui n'étaient pas liées à mon ex. Cette grosse pute avait phagocyté mon monde depuis notre première rencontre, il y a une dizaine d'années... et depuis notre séparation, personne ne souhaitait vraiment me revoir : ils avaient tous choisis le camp de la pouffiasse. Je pouvais difficilement leur en vouloir, j'étais, pour tous, le seul responsable de ma déchéance. Ils ne connaissaient pas la véritable histoire derrière mon divorce et je n'allais sûrement pas passer le reste de mon existence à essayer de la leur expliquer. *Next*, comme disent les jeunes.

À la fin de la partie, alors que je m'en allais en titubant de bonheur, la sœur de Raphaël, dont le prénom ne m'était pas rentré dans la tête de toute la soirée, m'avait suivi sur le parking. Elle me glissa sa carte professionnelle, afin qu'elle règle mes problèmes de dos. Elle avait tordu ses lèvres en un ultime sourire que je lui rendis.

∞

Depuis le soir du bowling, Raphaël et moi étions devenus quasiment inséparables... après m'être assuré qu'il savait que j'étais un pur hétéro et que mon anus n'était en aucun cas une option dans notre amitié.

J'aimais beaucoup traîner avec lui. Il dégageait un truc, un magnétisme, qui me poussait à avoir confiance en moi et à aller vers les autres. Loin d'être efféminé et filiforme, il prenait soin de chacun de ses muscles d'Adonis en allant à la salle de sport quotidiennement, après le boulot. J'avais calqué sa routine de métrosexuel éclatant, délaissant mon planning de cancrelat. On suait allègrement en parlant politique, religion et cul.

Une fois, nous sommes arrivés en chahutant à la salle pour notre entrainement habituel. Raphaël vantait les mérites d'une énième application de rencontres, lorsqu'il me donna un coup de coude dans les côtes :

— Il y a ma sœur, là-bas.

Nous rejoignîmes la silhouette qu'il avait désignée. Elle travaillait ses cuisses en poussant à la force de ses jambes une trentaine de kilos. Et là, c'était comme si la garçonne du bowling et la nana devant moi avaient été deux personnes différentes. Ses habits moites et moulants révélaient un corps fin et musclé, une poitrine généreuse aux tétons érigés avec insolence. Elle avait un physique d'adolescente prête à être cueillie, mais n'ayant pas encore les formes d'une vraie femme, qui se devait, à mes yeux, d'avoir les courbes rondes d'une déesse païenne.

Nous saluâmes la demoiselle avant de nous diriger vers les tapis de course. Bizarrement, lorsque je tournai le dos à la jeune femme, je sentis que son regard me transperçait encore... c'était peut-être juste dans ma tête.

Son sourire... sa torsion des lèvres carnassière, me foutait les jetons. Elle semblait penser très fort « *je vais te faire mal* ». Troublé par cette pensée, j'ai commencé à transpirer alors que nous ne faisions que nous échauffer. Mon cœur s'emballait pour une raison inconnue.

La jeune femme nous avait rejoints au bout d'une dizaine de minutes, en disant à Raphaël qu'elle avait fini sa séance. Elle me rappela également que mon dos me faisait souffrir depuis trop longtemps.

Sa seule voix m'avait hérissé le poil. C'était une sensation fugace et perturbante. S'il me restait une once d'instinct, celui-ci me criait de fuir cette femme : mon envie d'autodestruction, à ce moment-là, était plus forte que tout.

∞

Je ne suis pas sûr d'avoir compris ce qu'elle me voulait. Tout s'est passé si vite. J'ai dû lui paraître naïf, dès le départ.*La proie facile, le canard boiteux...*

J'ai dû lui sembler pitoyable lorsqu'à son cabinet, j'ai commencé à déblatérer sur ma vie de merde. Elle avait cependant écouté poliment lorsque je lui ai parlé de mon ex-femme adultère/nymphomane… jusqu'à ce que je me rende compte qu'elle était juste ostéopathe et pas psy.

Au final, elle m'avait bien débloqué. Ses mains étaient petites et douces, mais sa prise était ferme, experte. C'était plutôt impressionnant qu'un si petit corps puisse renfermer autant de force.

Elle devait en avoir brisé, des hommes. Elle devait y prendre un grand plaisir. Elle avait tout d'une prédatrice : ses gestes calmes, sa posture féline et sa voix placide…

J'avais quitté son cabinet soulagé, après m'être fait inviter à un apéro sans que j'y sois pour grand-chose. Avais-je envoyé des signaux quelconques auxquels elle répondait favorablement ? Je devais encore me faire des idées. Cette femme-là était trop belle, indépendante et intelligente pour fricoter avec une larve de mon genre. Elle devait être gentille avec moi, simplement par rapport à son frère… et à mes confidences pathétiques à son bureau.

La lionne ne se repaît pas du vermisseau.

Cependant, quelle que soit la destination qu'elle eu prévu pour moi samedi soir, j'étais prêt à m'offrir en pâture à ses griffes. Je n'avais rien à perdre et nulle part où aller. A part nourrir mes chats, je n'avais rien d'autre de prévu.

2-La lionne et sa proie

Samedi soir arriva très rapidement. J'étais envahi par une forte angoisse.
La dernière fois que je m'étais rendu chez une nana remontait à une quinzaine d'années.

Affolé, j'avais passé le début de soirée à changer de tenue, à me reluquer dans le miroir d'un air sévère. Rien n'allait. Plus je me regardais, plus je me détestais.

Buste nu, j'examinais les trois poils qui se battaient en duel sur mon torse et les étages que le gras faisait au niveau de mes hanches. Dégouté comme un végan devant un hamburger, je finis par me couvrir avec un t-shirt noir pris au hasard… parce qu'il parait que cette couleur amincissait.

En mettant ma montre, je m'aperçu que j'étais en retard. La trace blême encore visible autour de mon annulaire gauche me fit perdre encore quelques secondes, le temps d'éjecter mon ex-épouse de mon esprit agité, d'attraper mes clés et de quitter mon appartement, une bouteille de vin rouge et mon sac sous le bras.
Le trafic fut indulgent, j'arrivai vite chez la jeune femme.

Elle m'avait reçu sur sa grande terrasse. On y avait une vue magnifique sur les lumières de la ville, l'air y était doux et moite – sûrement à cause de son jacuzzi.

La bouteille de vin n'avait pas fait long feu dans cette ambiance cosy : elle avait mis de la musique et tamisé les lumières, servit des petit fours et mis une bouteille de champagne dans des glaçons. Elle savait recevoir, écouter, répondre avec humour et intelligence.

Je menais le bal des banalités, en parlant de mon boulot et aussi de son frère qui menait la vie d'un dépravé. Elle souriait, me donnait le change… Mais il était évident que son esprit acéré était occupé ailleurs, à fomenter ma perte.

Lorsque je bus l'ultime gorgé de vin, ses lèvres tressaillirent subtilement. *Elle venait de humer l'odeur de sa proie.*

> – On passe à l'eau ? suggéra-t-elle en agitant la bouteille d'alcool vide.

J'acquiesçais de la tête et commençais à chercher mon maillot de bain dans mon sac. Elle se leva, détacha la ceinture qui fermait sa robe noire et laissa glisser son vêtement sur le sol.

∞

« Tu trompes tes amants,
Que tu es mauvaise et divine
Tu es peut-être une pécheresse,
Mais ton innocence est mienne» Muse -
Undisclosed Desires.

∞

Sans aucune pudeur, elle s'était mise à poil devant moi, m'indiquant du doigt avec malice un écriteau que j'avais aperçu en arrivant : *« Aucun textile autorisé »*.

Ce n'était donc pas une blague.

À cet instant, la voix enjouée de Raphaël résonna dans ma tête : « Ma sœur ? C'est une folle furieuse, elle va te retourner le cerveau… ».

Tu ne le fais pas dire, mon pote.

Son corps était plutôt joli. À première vue, je ne lui avais trouvé aucun défaut. Elle faisait jeunette délurée, avec sa poitrine arrogante aux tétons durcis, ses bras fins, son ventre plat et la légère toison qui couvrait son sexe. Ses cuisses et ses fesses étaient tout en muscles, ses doigts et ses orteils étaient soignés et vernis de noir. Une jolie jeune femme. *Jolie*, mais pas *belle*. Pas mon type, mais désirable tout de même.

Docilement, je me dévêtis et lui intimai de pénétrer la première dans le jacuzzi. Elle se délecta intérieurement de mon obéissance avant de se plonger dans le bain à remous. Ses lèvres tressautèrent de plaisir et elle lâcha un soupir de contentement en s'abandonnant dans le spa, la tête vers l'arrière et les yeux mi-clos.

Nous étions nus, tous les deux, dans son jacuzzi. Quelle était la prochaine étape ? Allait-elle m'indiquer la marche à suivre ?

Nos corps étaient invisibles sous les bulles. D'ailleurs, elle m'avait à peine regardé ; c'était comme si *elle se fichait* de voir à quoi je ressemblais vraiment. Mais moi, je l'avais vu nue… j'avais détaillé ses courbes comme un pervers. Je l'avais jugé attirante et, plus les secondes s'écoulaient, plus je la désirerais. Malgré ma lutte, mes yeux étaient irrémédiablement attirés par sa nuque et la naissance de sa poitrine rebondie. J'ai proposé que l'on ouvre le champagne, afin de calmer mes esprits.

Son regard cherchait le mien, afin de se délecter de mon malaise, évidemment. Elle semblait savourer chaque seconde de ce silence gêné.

J'avais l'impression de me noyer intérieurement. Je la désirais, elle le savait, pourtant elle me laissait m'empêtrer dans ma timidité… *petite sadique.*
Elle voulait voir comment je gérais la pression de l'envie, elle voulait voir si j'étais au moins la moitié d'un homme.

> – Ta poitrine est très jolie... elle est parfaite, lui ais-je susurré sans que ma voix flanche.
> – Oh... merci...

Je n'eus pas le temps de poursuivre qu'elle m'invita à la toucher. C'était donc à ce jeu qu'elle voulait jouer ? Une partie de touche-pipi dans le jacuzzi…

J'effleurai un sein prudemment, en dessinant la courbe du bout des doigts, puis j'attrapai son téton, qui était gros et dur sous mon pouce. Je pris son sein plus fermement, comme pour m'en rendre enfin maître. Elle bougea avec la grâce d'une chatte et se dressa face à moi, ses genoux posés de chaque coté de mes cuisses. J'attrapai à deux mains sa poitrine qui me dégoulinait des paumes de générosité. Je sentis sa chatte se poser sur moi, ses lèvres brûlantes sur ma queue. Elle joua des hanches m'astiquant lascivement le manche en m'offrant ses tétines à sucer. Elle me soumettait son corps, s'abandonnait sans retenue.

Malgré la température élevée du jacuzzi, je sentais la chaleur qui émanait de sa chatte. Cette femme semblait être faite de lave, prête à me consumer tout entier. Quelle douce torture… sentir son minou accueillant, prêt à m'offrir le paradis. Je ne contrôlais plus rien et cela me parut mal. J'étais à deux doigts de la prendre, là, comme un sagouin, juste pour exploser en elle, juste pour mettre fin au supplice. Qu'elle prenne du plaisir ou pas, à ce moment, était le cadet de mes soucis. J'avais juste envie de jouir comme un cochon sur elle, en elle… Son regard brillant me mettait au défi, je devais cependant me contrôler. Je devais me contenter de ce frottis-frottas jusqu'à ce qu'elle m'intime d'aller plus loin.

Je devais garder au moins cette contenance-là,
en tant qu'homme.

Les bulles avaient cessé leur tapage, nos corps
nus furent à nouveau visibles dans l'eau. Elle
m'attira à l'extérieur, me tendit une serviette et
me transperça de son regard pervers.

Ce soir-là, j'étais comme ensorcelé. Elle
m'avait poussé dans mes derniers
retranchements. Ses mots étaient durs,
réalistes, tranchants : elle m'excitait, à me
parler de parties fines et autres délires
auxquels elle s'adonnait sans aucun complexe
.
À court de stratagèmes et d'échappatoires, j'ai
du céder à mes instincts endormis.
Elle savourait mes caresses et mouillait
abondamment. C'était presque surnaturel. Je
n'avais jamais eu autant de cyprine sous les
doigts de toute ma vie. Étendue sur le dos, la
tête renversée vers l'arrière, elle se tiraillait les
tétons en cambrant les hanches vers moi, mes
doigts la pénétrant doucement, puis avidement.
J'en avais mit trois, stimulant son clitoris avec
un quatrième.

Elle gémissait, ondulait des reins, ses orteils gigotaient. Je l'avais amené au bord de l'extase, sans la faire exploser. J'étais excité comme un porc, mon sexe tellement dur que ça en devenait presque douloureux. L'intérieur de sa chatte était tellement doux sous mes doigts…

Je l'ai prise. Avant qu'elle ne se donne, je l'ai prise. En une demi-seconde, je l'avais retourné et pénétré, lui arrachant un grognement de surprise.
Elle s'assura de son équilibre et se mit à quatre pattes, afin de savourer chacun de mes coups de boutoirs. Je me regardais disparaître dans son minou aux poils lissés de mouille.

J'enfonçais mon poignard jusqu'à la garde.

 Les parois de sa chatte me serraient de plus en plus fort. Combien de temps dura cette étreinte ? Je ne saurais le dire, mais, elle n'était pas tendre. J'ai ralenti le rythme, lorsque je l'entendis pousser un petit râle : je profitai pour lui caresser le clitoris du bout des doigts tout en la prenant.
Elle jouit presqu'instantanément, les spasmes de son vagin firent vibrer ma queue. Je sentis quelques gouttes gicler sur mes cuisses et vu son corps s'arquer, comme électrisé. Je ne mis

pas longtemps à m'abandonner en elle. Elle grogna et me lança un regard brillant au dessus de son épaule.

3-Un autre monde

J'avais embrassé sa folie et sa fureur. Elle brûlait de m'appartenir, se jetant désespérément dans l'abîme de mes perversions. Je la prenais, comme si elle était mienne, sans pour autant faire de projets, ni de promesses.

Je savais pertinemment qu'elle était un peu folle. Derrière ses yeux couleur noisette aux reflets mielleux se cachait une sorte de déséquilibre qui m'effrayait, parfois. Elle se donnait tout entière, sans retenue, et ne demandait rien en échange. J'avais sûrement vendu mon âme, en forniquant avec cette diablesse.

Il m'arrivait souvent de l'utiliser comme un vulgaire trou, fourrant ma queue en elle sans même lui dire bonjour. Je me déversais entre ses cuisses chaudes, me libérant du stress de mes journées. Elle était devenue ma chose. Je savais que c'était mal… mais c'était tellement agréable.

Elle était toujours prête à me recevoir, son minou trempé et frémissant. Elle me désirait, c'était plutôt perturbant, vu le type d'homme qu'elle aurait pu hameçonner… au lieu de baiser avec un petit gros comme moi.

Un jour, elle me confia qu'elle était sapiosexuelle et que seul mon esprit l'avait charmé. C'était donc un jeu cérébral pour elle, d'être ma salope. Elle se disait fatiguée d'être dominante et souhaitait que je la prenne en main. Elle me faisait confiance et au point de s'abandonner.

C'était trop beau pour être vrai…

Nous avions nos rituels, nos délires. Nous étions toujours à la recherche de nouvelles sensations.
Avec elle, je découvris les clubs libertins et diverses drogues. Nous nous baignions dans l'alcool et le foutre régulièrement. Elle semblait insatiable. Je donnais le change, en surenchérissant avec malice. Elle ne me disait presque jamais « non », et lorsqu'elle le faisait, il suffisait que je la touche pour qu'elle cède. Elle s'ouvrait à moi comme une fleur en exhalant son doux parfum de cyprine.

Un soir, alors que nous boudions pour la énième fois la sortie au bowling de Raphaël, j'essayais d'avoir une discussion concernant notre relation.

Elle était nue au-dessus de moi, s'enfilant le rail de coke qu'elle avait disposé sur mon corps en tortillant du cul. Je savais qu'à partir de là, les choses allaient s'intensifier, il me fallait faire vite :

- Tu ne penses pas que ton frère a compris pour nous deux ?

Elle leva la tête, le bout de son nez rougis arborant quelques traces blanches. Elle lâcha un léger soupir avant de dire, agacée :

- Et qu'est-ce qu'il y aurait à comprendre ?
- Ce qu'il y a entre nous…

Elle se redressa complètement et roula sur le lit à côté de moi. Elle posa sa tête contre la mienne, une de ses jambes relevée jusqu'à ma taille, me ceinturant avec tendresse.

- Tu n'arrives plus à regarder mon frère dans les yeux parce que tu me baises ?

- Si seulement ce n'était que de la baise ça n'aurait pas été un problème. On échange tout le temps des textos, on dîne trois fois par semaine ensembles... si ce n'est que de la baise, tu as l'air de t'attacher plus qu'il ne faudrait.

Oups...

À ces mots, elle se leva avec l'adresse d'une chatte. Elle se dirigea vers la table de chevet où elle avait disposé quelques lignes blanches supplémentaires, qu'elle aspira bruyamment.

Elle était contrariée ou triste... J'étais perdu. Je ne savais pas ce qu'il m'avait pris. Peut-êtreavais-je paniqué. Mais ce que j'avais dit était la stricte vérité : notre relation était un immonde mutant fait de sexe et d'autres choses plutôt floues.

Comment ne pas prendre peur face à cette démone ? Elle remettait tout mon être en question. C'était une jeune femme éclatante, qui avait tout pour me rendre heureux... Mais j'étais incapable de m'engager sur ce chemin sinueux. J'étais incapable de ressentir une once d'amour pour elle, alors que je recevais tellement d'amour d'elle. J'avais même du mal à être affectueux dans nos ébats. J'étais une vraie brute avec elle, lui laissant des bleus, parfois. Je ne l'embrassais jamais. Je me comportais comme le roi des connards… Pourtant elle restait, répondait à mes appels, succombait à mes désirs. J'étais un instrument de torture dans la spirale autodestructrice qu'elle s'était crée.

- Le problème ne vient pas de moi, avait-elle soufflé en me tournant le dos.

Bien sûr que si, ma tendre folle… tu t'auto-flagelles avec ma bite, pensais-je tristement.

Je sentis dans sa voix un début de sanglot. Je me levai en silence, et l'enlaçai maladroitement. Sa peau nue contre la mienne semblait m'envoyer des petites décharges électriques. Mon sexe contre ses fesses rebondies ne mit pas longtemps à durcir. Elle le senti et se pencha en avant, pour s'offrir à moi. Je la pris et la fit jouir. Elle n'attendit pas que je finisse. Elle prit ses affaires et quitta mon appartement sans un mot.

Ami prends ma lanterne car j'ai perdu ma
flamme
Mon amour est parti elle a jeté mon âme
À bouffer au néant me laissant le cœur vide
Elle a fait des fertiles, des averses l'aride
Et l'horreur du monde n'est rien en
comparaison
À ce que l'amour fait à ceux qui dans l'union
Pensent oublier un peu qu'on est triste ici-bas
Et qu'ici solitude est le dernier repas »–
Putain vous m'aurez plus, Saez

Elle revint me voir encore quelques fois,
m'enfourchant sauvagement et ne se souciant
pas des fois où je n'avais pas le temps de finir.

> - Ce n'est pas ma faute si tu es un
>   peine-à-jouir, minaudait-elle en se
>   descellant de moi.

Des fois, prise de remords, elle me finissait à
la main ou avec sa bouche. Nos baises
devinrent de moins en moins passionnées, j'en
sortais de plus en plus frustré, dur comme un
bout de bois. Elle n'en avait rien à faire.

Nous passions notre temps de plus en plus
souvent hors du lit, à boire et discuter de nos

vies. Nous devenions dangereusement un couple, sans nous en rendre compte, à bruncher ou à dîner en regardant les étoiles et en écoutant de la musique.Elle me tenait compagnie, sa présence était agréablement réconfortante. Mais je sentais dans mes tripes que tout cela sonnait faux et nous exploserait en pleine face.

Elle avait toujours à la bouche un reproche à mon égard, toujours les larmes au bord des yeux. Seul le sexe apaisait ses tensions. Résultat des courses, le plaisir, aussi surnaturel fut-il avec elle, n'était plus assez pour continuer. Je jouissais mais ressentais un immense vide, lorsqu'elle me quittait, tel un fantôme. Elle titubait loin de moi pour pleurer, presque systématiquement.

Une fois, nous bûmes tant que toute la soirée pour moi fut le trou noir. À mon réveil, je suis qu'elle avait passé un long moment avec moi à l'état de mon appartement et à sa petite culotte, abandonnée sur mon lit.

En relisant nos conversations par SMS, je compris qu'elle n'allait pas bien, par ma faute. Ce soir-là, j'avais dit tout et son contraire, piétinant son cœur déjà brisé en mille morceaux.

J'avais reçu ses gifles virtuelles en silence, espérant que cela l'apaise de me traiter de monstre.

« Si ça te fait plus de mal que de bien, il vaut mieux arrêter », lui écris-je.

Elle m'accusa d'être un sans-cœur, une bite sur pattes. Elle refusait de renoncer à moi, à ma queue. À cet instant, je compris qu'elle en était incapable, que s'il devait y avoir une fin, ce serait de mon fait…

J'étais véritablement un monstre, finalement, car je ne voulais en aucun cas la libérer. Je la voulais enchaînée à moi. Égoïstement, je la désirais. Elle me donnait tant de plaisir. Cette femme était mienne. Cette salope m'appartenait.

4-La Folie du Sans-Cœur

À demi-mots, elle avoua l'inavouable. Elle m'aimait. De cet amour que l'on lit dans les jolis romans.
Elle refusait d'entendre que moi, j'étais incapable de lui rendre cela. Pour elle, *je n'essayais pas*. Elle n'avait pas tort… à quoi bon essayer ? Pour qu'elle me bouffe et recrache mes os lorsqu'elle en aurait fini? J'avais peur de tout cela. Je ne pouvais me permettre ce genre de choses, pas après ce que mon ex femme m'avait fait.

Elle n'exigeait pas de moi que l'on soit un couple, que l'on fasse des projets ou même que l'on dévoile notre existence au monde. Elle voulait juste que, tel un miroir, je lui renvois ses sentiments. Elle souhaitait être aimée de moi, désespérément.

Je m'y refusais. Car pour moi, l'amour impliquait un futur, des desseins communs. Hors, je ne me projetais pas avec cette fille, et, visiblement, elle non plus. Elle aimait trop sa liberté, elle aimait l'illusion de contrôle que cela lui procurait. Pour elle, tout était une question de contrôle et en plus de ma bite, elle voulait le contrôle de mon cœur. Elle avait décidé de m'appartenir et ne voulait pas que je l'oublie. J'étais donc une sorte d'élu de la déesse féline qu'elle incarnait, malheureusement, elle avait fait un très mauvais choix.

Elle exigeait cet amour passionné qui lui était dû, au regard de ce qu'elle me donnait. Et puis, que manquait-il à ce bel édifice de passion ? Nous baisions comme des bêtes à chaque occasion, nous partagions certains passe-temps et centres d'intérêts. Que manquait-il pour que je l'aime ? Cela la révoltait de se heurter à tant de froideur.

Je finis par comprendre que l'amour aurait eu un effet pervers entre nous, s'insinuant dans nos attentes... brisant cette belle relation qui n'était qu'abandon et ferveur purs. Son vœu avait des tenants contradictoires : elle souhaitait vivre une histoire enflammée, mais exigeait la tempérance et les attentions qu'aucun amour fugace ne saurait offrir.

Alors, puisqu'elle désirait fiévreusement que je lui réponde, je l'avais fait, salement.
Ce soir-là, après un énième apéro sur ma terrasse, où elle s'était logée affectueusement entre mes bras, le sujet fâcheux revint. Elle quitta mon étreinte telle une furie pour aller se

réfugier dans ma chambre à coucher, afin d'y mordre l'oreiller de rage et pleurer, j'imagine. Je l'y laissai quelques minutes puis rentrai dans la chambre, la trouvant en culotte, recroquevillée sur le lit. Tel un animal blessé. Elle était magnifique de vulnérabilité. Sa souffrance ne me faisait pas plaisir, mais elle ne m'atteignait pas. Je m'étais, au fil des semaines, fait à l'idée d'être un salopard insensible à ses yeux.

Je la pris dans mes bras et la caressai du bout des doigts. J'ai dû, ce soir-là, lui susurrer que je n'étais pas un monstre, mais juste un incapable. Que j'étais cassé, qu'elle ne me réparerait jamais. Que ce n'était pas sa faute, car elle était une magnifique jeune femme, aimable en tous points, bien que détestable à la fois, lorsqu'elle se laissait aller à la colère.

Elle ne me répondit pas et semblait être prisonnière de son corps. Mes gestes de réconforts se muèrent en caresses pour éveiller son envie. J'étais légèrement ivre et son manque de réactivité ne m'avait, sur le moment, pas perturbé. Elle me laissa faire, mouillant discrètement culotte. Son dos contre mon ventre était couvert de frissons, ses fesses rebondies semblaient m'appeler.

- J'ai tiens énormément à toi et j'éprouve beaucoup d'affection pour toi…mais je ne pourrai jamais avoir de sentiments amoureux…

J'avais sorti ces mots sans un trémolo dans la voix, avec un ton aussi dur que l'était ma bite. Je l'entendis lâcher un long soupir, mais elle ne me jeta aucun regard. J'écartai sa culotte pour accéder à sa croupe. Elle ne bougea toujours pas.

Furtivement, j'entendis un « *non* » rauque, mais j'avais déjà pris possession de son anus. Elle grogna un peu, comme à son habitude, tandis que je la labourais. À peine m'étais-je répandu en elle, qu'elle se leva, ramassa ses affaires et me quitta sans un mot.
J'étais trop soûl pour comprendre ou même me poser des questions. J'avais pris sommeil à peine la porte d'entrée refermée.

Non seulement, je lui avais brisé le cœur et enculé à sec…*mais je l'avais également violée.*

Nous nous revîmes dans un parc, pour discuter.

J'eu l'impression qu'elle me disait au revoir. Elle resta distante, effleurant chastement ma main et parlant d'une voix atone.

Elle me redit qu'elle m'aimait, mais qu'elle n'attendait plus rien de moi. Elle renonçait. Je sentis comme si on enlevait un poids de ma poitrine. Je n'étais plus le connard sans cœur… j'étais le con qui avait raté sa chance. Elle n'éprouvait aucune rancune ni aucun remord, seulement une extrême lassitude. Elle ne voulait plus souffrir de ne pas être celle que j'attendais.

Sa bouche prit un pli cruel lorsqu'elle suggéra qu'on puisse, de temps en temps, coucher ensembles, mais à son initiative uniquement. Elle connaissait mon fort égo, elle savait que je ne plierais jamais à son jeu, quitte à me branler jusqu'à la fin de mes jours. C'était son dernier doigt d'honneur à notre relation : me dire que j'avais perdu la jouissance de son corps.

C'était fini, je l'ai vite compris. Elle avait cette tristesse dans les yeux qu'on ne pouvait pas dissimuler, quelques soient les efforts déployés.

Ses mots calmes sonnaient faux : elle ne croyait pas une seconde à une possible amitié entre nous, mais sa bouche disait le contraire. J'avais écouté docilement et acquiescé en silence, des flashbacks de nos ébats me revenant à l'esprit.

Je la regardais débiter ses mots insensés, en m'attardant sur ses courbes. Je constatai qu'elle avait pris un peu de masse. Ses seins, déjà arrogants, semblaient tendus et lourds. Tandis qu'elle me disait adieu, je m'imaginais, la bite palpitante entre ses nichons aux tétons durcis.

Elle me toucha la main et je sortis de ma rêverie en sursautant légèrement. Ses sourcils foncés, elle désigna de son menton pointu la bosse que formait mon sexe dans mon jean. Elle me traita de connard insensible et me laissa sur le banc du parc, bandé comme un porc.

5-« *Je t'aime, connard* »

Elle faisait la gueule, je le savais et n'osais pas reprendre contact. J'attendais qu'elle le fasse nerveusement, car c'était le plus long silence radio de notre relation. Sans elle, je m'étais engouffré dans ma routine de cancrelat, Raphaël ignorant presque systématiquement mes invitations.

Les semaines devinrent des mois... sans avoir de nouvelles. Je vis, en regardant ses statuts sur les réseaux sociaux qu'elle était partie en vacances, quelque part en Asie. Je fus rassuré, sur le moment. Elle ne m'en voulait peut-être plus et avait juste besoin de prendre l'air, de se laver de notre échec.

Ce fut le comportement de Raphaël qui m'alerta : il se passait quelque chose. Il longeait les murs et changeait de couloir pour éviter de me croiser au boulot. Il me saluait au loin d'un hochement de tête forcé, alors qu'auparavant, il allait au-devant moi et me gratifiait d'un check amical.

J'ai décidé d'en avoir le cœur net et ai poussé la porte de son bureau. Penché sur son clavier, il n'avait pas encore senti ma présence. Lorsqu'il entendit ma voix, il sursauta :

\- Raph… tu as deux minutes ?

Il leva les yeux vers moi lentement, s'efforçant d'adopter une attitude neutre. J'aurais pu très bien le solliciter pour quelque chose en rapport avec mon ordinateur, mais je lus dans ses yeux qu'il savait pertinemment pourquoi j'étais venu. La tension était palpable, mais je me lançai :

\- Je n'ai plus de nouvelles de ta sœur, poursuivais-je, elle va bien ?

Le jeune homme serra ses poings et fit craquer ses doigts en acquiesçant du chef. Il mentait très mal. Il cachait quelque chose. J'étais persuadé qu'elle lui avait fait jurer de ne rien me dire. Elle était assez méchante pour cela.

\- Je suppose qu'elle t'a raconté, pour nous... murmurais-je en baissant les yeux de honte.

Je ne feignais pas mon embarras : j'avais des flashbacks des baises avec la sœur de l'homme en face de moi.

- Bien sûr qu'elle m'a dit, soupira Raphaël en tirant une chaise pour m'inviter à m'asseoir.

Je pris place et poursuivis :

- Je dois t'avouer que ça s'est fini un peu bizarrement, je suis un peu perdu. Mais si elle va bien, je ne vais pas lui faire chier et…
- Elle… elle ne.. elle ne va pas bien, coupa Raphaël.

Quelque chose en moi le savait. Toutes ces photos de paysages magnifiques sur les réseaux sociaux n'étaient que de la poudre aux yeux. Elle n'avait posté aucun cliché d'elle depuis des mois, uniquement des paysages accompagnés d'obscures légendes ou de citations. Mon silence poussa le jeune homme à continuer :

- Elle est très malade, mon vieux. Un cancer. Inopérable. Avec des métastases.

J'avais entendu les mots, j'en avais saisi le sens, mais pas encore compris leur implication. Raphaël ne me laissa pas le temps de réagir et poursuivit :

-   Elle est enceinte, aussi.

Mon cœur manqua un battement. Je demandais, après avoir repris contenance :

-   Le gamin est de…
-   Elle ne m'a pas dit, m'interrompit-il, mais tu devines bien. Elle n'allait qu'avec toi, de ce que je sais.

« Elle n'allait qu'avec toi… ». Ces mots étaient si joliment tournés. Presque poétiques. Ils résonnèrent dans ma tête quelques instants, éclairant l'étrange vérité : j'avais mis sa sœur en cloques.

-   Je n'étais rien sensé te dire, poursuivit l'informaticien en recommençant à tapoter sur son ordinateur.
-   Alors quoi ? Je fais comme si de rien était, je ne vais pas lui demander ce qu'elle compte faire ?

Raphaël haussa les épaules d'impuissance en rajoutant :

-   As-tu seulement *le droit* de lui demander quoi que ce soit, à

l'heure actuelle ? Tu me l'as dit toi-
même : votre relation est
terminée…
- Mais… mais…
- Lâche l'affaire, mon vieux. Vous
vous êtes amusés, tu l'as fait
pleurer… Ne lui gâche pas le peu
de temps qui lui reste, s'il te plaît.

*« Ne lui gâche pas le peu de temps qui lui
reste… ».* Il résumait cruellement ce que je
représentais pour sa sœur : du temps gâché.

Je murmurai un « ok » avant de quitter la
pièce, il n'y avait plus rien à dire. Mes yeux
me piquaient, j'avais la sensation de manquer
d'air, d'être oppressé. Je quittai mon boulot en
trombe pour me réfugier dans mon
appartement. En prenant ma douche, j'aperçu
« sa » serviette qui pendouillait auprès de la
mienne. Je ne m'étais pas rendu compte, dans
une sorte de déni, que durant tous ces mois, je
ne l'avais jamais bougé. Je la décrochai, humai
les reliquats de son odeur et la balançai dans la
corbeille à linges sales.

Je plongeai dans mon lit et pris sommeil
immédiatement, mes pensées appelaient le
néant.

Je finis par rêver d'elle, malgré moi. Son sourire cruel contre ma bouche, ses petits doigts dans mes cheveux gras et ses « je t'aime » rauques agitèrent mon repos.

∞

Dans les semaines qui suivirent, elle avait méthodiquement bloqué tous mes accès à sa vie. Son cabinet et son appartement arboraient une pancarte « à vendre » depuis déjà deux mois. Son numéro de téléphone n'était plus en service. Je ne pouvais même plus voir ses fiches sur ses différents réseaux sociaux. Raphaël lui avait évidemment dit que je savais tout.
Je trouvai un soir, une missive dans ma boite aux lettres. Je reconnus son écriture et l'absence du cachet de la poste me fit comprendre qu'elle était venue jusqu'à chez moi pour déposer son courrier. Elle était revenue, elle avait encore des pensées pour moi.
Romantique, jusqu'à la fin.
Il y avait son parfum sur le papier que je déroulai entre mes doigts tremblants. Elle avait été brève, n'avait noircit qu'une page.

Elle m'y parla de sa santé. Elle n'avait rien dit sur son chagrin, s'il existait. C'est ainsi que j'appris qu'elle se savait malade depuis longtemps : les premiers résultats inquiétants étaient arrivés avant même que je ne la rencontre.

Elle m'écrit que ce n'était pas sa première grossesse de mon fait. Elle avait déjà avorté en début d'année, sans m'avertir. Elle m'informa que d'ici trois mois, quelque part en Suisse, un enfant de mon sang naîtrait et serait adopté par un couple d'amis ayant des difficultés à concevoir. Ces mêmes amis prenaient en charge ses traitementset même ses funérailles. Elle avait choisi le suicide assisté, une fois l'enfant adopté. Elle avait écrit qu'elle était rentrée au pays pour régler les derniers détails administratifs et dire au revoir à ses proches et me sommait de ne pas chercher à la contacter… ***car je n'en avais pas le droit.***

Au dos de la missive, elle avait écrit une phrase : *je t'aime, connard.*

Je ne pus m'empêcher de sourire, même si cela me déchira le cœur.

Nous avions passé presque deux ans « ensembles ». Elle m'avait offert une oreille attentive, de multiples attentions, du plaisir sous diverses formes. Une femme extraordinaire, qui refusait de faire des projets, car elle savait qu'ils ne se réaliseraient jamais. Elle avait souhaité que je l'aime, durant le laps de temps qu'elle m'avait consacré. J'étais passé à côté, lamentablement.

$$\infty$$

La morsure de l'échec fut douloureuse pendant plusieurs jours. Car je savais que je ne la reverrai plus jamais.
Elle, le fantôme qui hantera mes nuits solitaires. Elle, le spectre qui se glissera entre moi et toutes autres, si d'aventure je ne finissais pas ma vie seul.

J'avais respecté son vœu et n'avais pas cherché à la contacter, lui épargnant l'ultime affront que lui ferait ma vue ou le son de ma voix.
Je picorais des informations parmi le groupe d'amis communs, en retournant au bowling sous le regard triste de Raphaël. Personne ne connaissait la vérité hormis lui et moi. Ils s'imaginaient tous qu'elle était partie en retraite spirituelle ou une autre connerie du genre. Elle ne manquait pas de leur envoyer des mails rassurants pour maintenir la cruelle illusion.

L'horrible réalité me torturait quotidiennement. Je l'imaginais, les joues pleines et le ventre arrondi.

Je perdis peu à peu sa trace. Plus personne ne parlait d'elle, au bout de quelques mois.C'était comme si je n'avais fait que l'imaginer, durant tout ce temps. Elle n'était plus qu'un fantasme dans la tête du petit gros que j'étais.

∞

Raphaël disparu une quinzaine de jours du boulot : je compris.

Lorsqu'il revint au travail, il se dirigea directement vers mon bureau et s'assit face à moi en silence. Il avait perdu du poids, essentiellement de la masse musculaire. Son visage était émacié, ses yeux cernés avaient perdu de leur éclat, comme délavé par de nombreuses larmes.

-    Elle est partie, murmura-t-il.

Il resta un instant immobile, me fixant en silence. Je ne savais pas quoi dire. Que pouvais-je décemment lui dire ? Je ne pus le regarder en face. Mes yeux embués fixaient un point invisiblement de mon bureau.

Il se releva brusquement et quitta la pièce.
J'appris quelques heures plus tard qu'il avait
posé sa démission.

Tel un zombi, j'avais quitté mon bureau pour
me rendre au parc où je l'avais vu, elle, pour la
dernière fois. Je me suis assis sur le même
banc où nous nous étions installés. Je sentis un
frisson me parcourir l'échine et une caresse
chaude du vent sur ma main. Sans que je
puisse les retenir, des larmes coulèrent le long
de mes joues.

Elle est partie...